"Patrie"

GEORGES DUBOIS

20c.
Le récit complet
illustré

LA DÉFAITE DU KRONPRINZ EN ARGONNE

F. ROUFF, Éditeur, 148, rue de Vaugirard, PARIS

La Défaite du Kronprinz
EN ARGONNE

I

SOLDATS ÉGARÉS

J'ai faim... Quand est-ce qu'on bouffera?...

— Retrouvons d'abord le régiment.

— Où est-il, le régiment?

— De l'autre côté de la rivière; les camarades du 155, qu'on a vus ce matin, nous l'ont assuré...

— Il n'y a pas de pont; le génie a tout détruit.

— Il y a un gué, qui ne doit pas être loin, si j'en crois ma carte...

— Cherchons d'abord une ferme quelconque où on puisse se ravitailler...

— Et nous ne trouverons que des uhlans.

— Enfin! Qui est-ce qui commande, ici? Est-ce moi, le ver..., ou bien toi, le simple bibi de deuxième classe?...

Ce dialogue, qui commençait à tourner à l'aigre, s'échangeait, le 5 septembre 1914, dans l'après-midi, entre un sous-officier et un soldat, que suivaient une dizaine de fantassins, éreintés, fourbus, hagards, ayant perdu leur régiment pendant la retraite et ne sachant plus à quel saint se vouer.

La veille, ils avaient traversé la forêt profonde de Souilly. Maintenant, ils longeaient la rivière de l'Aire.

Depuis le 23 août, en effet, la troisième armée, sous les ordres du général Sarrail, qui avait remplacé le général Ruffay, se repliait, après les terribles combats de Virton, de Charency, de Laguyon, de Spincourt, vers la Meuse, puis au delà, dans la direction de Bar-le-Duc. Sarrail avait laissé, au-dessus de Verdun, un corps d'armée qui, s'appuyant sur les forts de la ville, contribuait à la défendre, sous le commandement du général Coutanceau.

Ses autres troupes, qui comprenaient les 4ᵉ, 5ᵉ et 6ᵉ corps, se retiraient en bon ordre et en gardant leur ligne de combat. Cependant, sur les chemins de ce pays accidenté de l'Argonne, des soldats fatigués, ayant jeté le sac, et même quelques-uns le fusil, traînaient à travers les forêts de Souilly, de Saint-André, de Nohécourt.

Les fantassins qui erraient au bord de l'Aire, sous l'illusoire direction du sergent Labri, constituaient un de ces groupes de traînards. Ils appartenaient au 94ᵉ de ligne. Etant tous de l'active et du recrutement de Paris, cette communauté d'âge et d'origine les avait sans doute réunis d'instinct. Un autre lien les avait rapprochés, la fraternité du combat; ensemble ils avaient lutté, dans les Vosges, puis en Belgique, et, depuis Charleroi, ils ne connaissaient pas une minute de véritable repos, dormant au hasard, dans un fossé, au pied d'un arbre, mangeant des fruits ou des betteraves crues, sans cesse talonnés par les patrouilles ennemies, harassés, irrités et démoralisés par cette reculade déprimante.

Comme il arrive toujours en pareil cas, le sentiment de la discipline se perdait et l'initiative personnelle l'emportait sur le sens de la hiérarchie.

C'est ainsi que le sergent Labri, excellent gradé d'ordinaire, raisonnable et doux, mais peu initié aux difficultés topographiques, voyait diminuer son autorité et en était arrivé à discuter avec l'un de ses subordonnés, Pierre Ferrant, intelligent et dégourdi, naguère étudiant, aujourd'hui soldat de deuxième classe, mais possesseur d'une carte d'état-major dont il savait se servir aussi bien qu'un officier.

Le conflit, qui menaçait depuis plusieurs jours entre les deux hommes, venait d'éclater.

Labri, malgre et pâle employé de nouveautés, devenu sergent par sa bonne conduite et sa haute moralité, mais amaigri encore davantage par les privations et ayant perdu dans la tourmente toute énergie, ne songeait plus qu'à manger, et il faut bien convenir que la plupart des hommes qui le suivaient se trouvaient animés des mêmes dispositions. Le souci de sa responsabilité, au lieu d'exalter le sergent et de le galvaniser, l'écrasait et annihilait sa volonté.

Ferrant, au contraire, grand, blond, souple et décidé, pensait avant tout à rejoindre le régiment. Outre qu'il comprenait que c'était là le devoir, il avait l'intuition que c'était là encore la sagesse. En s'attardant sur cette rive de l'Aire, infestée d'ennemis, les traînards risquaient d'être capturés ou anéantis. En passant l'Aire, ils avaient des chances de rallier notre armée.

Pour la dixième fois peut-être, il tenta de reprendre ces arguments et de convaincre le sergent.

Mais Labri s'entêtait. Son dernier repas, composé de pommes, était loin à présent. Il voulait se ravitailler d'abord, agir ensuite.

— Et si nous trouvons des Boches ? demanda Ferrant.

— Nous avons nos fusils...

— Sept fusils pour douze hommes ! s'exclama le soldat. Quels beaux moyens de défense !... Allons, les amis, cherchons sérieusement le gué.

Les douze fantassins égarés marchaient en file indienne, dans un joli sentier, bordé d'une haie touffue. Ferrant, malgré les prétentions et les galons de son chef, semblait garder l'ascendant sur ses camarades qui, la tête basse, continuaient de le suivre, cependant que Labri, suivant également le mouvement, maugréait des imprécations.

Soudain, Ferrant, se penchant sur l'onde jaunâtre, s'écria d'une voix triomphante :

— C'est là !... J'ai trouvé le gué !

Un sentier, à peine visible à travers les broussailles, descendait, en effet, en ce point jusque dans le cours d'eau, indiquant qu'il y avait là un passage. Mais, par suite d'un orage qui avait éclaté la nuit précédente, l'Aire charriait des eaux lourdes et tumultueuses.

Ainsi, une vague crainte fit-elle hésiter les camarades de Ferrant à le suivre, tandis qu'il se dirigeait vers la rivière.

— Moi, je n'ai pas confiance, déclara Labri d'un ton sec, la rivière est trop large, et elle est trop en colère.

— C'est un gué tout de même, insista Ferrant; nous aurons peut-être de l'eau jusqu'au ventre; mais qu'importe!... De l'autre côté, c'est le salut... Ici, c'est la captivité ou la mort...

— Il peut y avoir des trous, s'entêta Labri. Moi, je ne passe pas...

Puis, s'animant tout à coup, avec une brusquerie fâchée qui contrastait avec son indulgence coutumière, il déclara :

— D'ailleurs, vous me devez obéissance; je suis le chef, et je ne veux pas que vous franchissiez la rivière...

Il entra résolument dans l'eau (p. 5)

Ferrant ouvrit la bouche pour protester, puis il se ravisa et jeta un regard éloquent vers ses camarades, qui s'étaient rassemblés autour des deux hommes en querelle. Jeunes soldats, exténués et affamés, ils ne savaient plus, dans le désarroi de leur âme, à quel parti se résoudre.

Finalement, après quelques secondes d'un silence impressionnant, Ferrant déclara :

— Assez de palabres! Je m'en vais...

Et il entra résolument dans l'eau.

— Eh bien! allez au diable! riposta le sergent.

Puis, par un revirement de son excellente nature, il ajouta, s'adressant aux autres soldats :

— Après tout, pour que vous n'ayez rien à me reprocher, je vous laisse libres de rester avec moi ou de suivre Ferrant!

Les sept soldats qui avaient conservé leurs fusils se rangèrent derrière le sergent. Les trois autres, après une courte hésitation, entrèrent dans l'eau à la suite de Ferrant, non sans avoir échangé quelques adieux hâtifs avec les camarades.

Quelques-uns avaient les larmes aux yeux. Ils avaient subi ensemble tant de périls et de fatigues! Il leur semblait maintenant que de rompre leur famille militaire en deux groupes, ils perdaient, devant les hasards de la destinée, le meilleur de leur force et de leur espérance.

Puis, le groupe du sergent s'éloigna sans mot dire, et les quatre compagnons entreprirent le difficile passage.

Ils avaient retiré leurs brodequins et les avaient suspendus à leurs épaules, leurs pantalons étaient retroussés jusqu'aux genoux.

— C'est frisquet! frissonna l'un d'eux, nommé Chamuzeau, boulanger de profession, grand et délabré, aussi doux qu'une demoiselle.

— Ça fera du bien, par une telle chaleur, plaisanta Fouillot, ouvrier zingueur, qui était le loustic de la bande.

Le quatrième, qui s'appelait Boudon et qui était un petit homme brun et trapu, sentencieux et tranquille, murmura :

— Et puis, on se lave les pieds!

— Attention où vous les posez, vos pieds, recommanda Ferrant; évitons de choir dans les trous!... Oh! oh! Il y a des pierres énormes, et qui roulent comme des boules.

Au milieu de la rivière, l'eau, soudain, leur monta jusqu'à la ceinture, et, dans ses remous boueux, elle les saisit avec violence, comme pour les emporter.

— C'est à présent qu'il faut du sang-froid, dit Ferrant. Courage, les amis!... Nous passons le plus difficile...

Pendant un quart d'heure, les quatre hommes luttèrent contre le courant.

Brusquement, le lit du cours d'eau se releva. Ferrant n'eut plus de l'eau que jusqu'au genou.

— Sauvés! s'écria-t-il, nous sommes sauvés! Ah! pourquoi nos camarades ne nous ont-ils pas écoutés!...

Bientôt ils arrivèrent sur l'autre rive. Ferrant escalada les rocailles de la berge, et les autres, en soufflant d'efforts, le suivirent...

Dès qu'ils se trouvèrent en haut, sur la terre sèche, ils eurent pour premier souci d'observer, embusqués dans les broussailles, ce qu'était devenu le groupe du sergent Labri.

Le sous-officier, à travers les pâturages qu'encadraient des bois, conduisait, à la lisière de l'un d'eux, ses soldats fourbus... Sur un talus à l'herbe moelleuse, ils s'arrêtèrent pour se reposer.

Et voici qu'une patrouille de dix uhlans déboucha soudain d'un bois et s'avança lentement dans la direction des prés que les hommes de Labri venaient de traverser. Ceux-ci, sur le talus, semblaient n'avoir aucune intuition du danger.

Les uhlans, vêtus de sombre, la peau hâlée sous le casque de cuir noir au paratonnerre aplati, marchaient deux par deux, en silence, la lance haute et la carabine en bandoulière.

Aucun moyen de prévenir les amis du danger mortel qui les menaçait. Ferrant et ses compagnons regardaient avec angoisse cette bande d'ennemi sans pitié, apparus brusquement pour accomplir leur œuvre de mort.

Soudain, les uhlans aperçurent les Français. D'un geste familier, ils lâchèrent la bride à leurs montures qui s'élancèrent au galop.

Labri et ses soldats, enfin conscients du péril, se levèrent d'un bond et saisirent leurs armes.

Le sergent, retrouvant, dans le sentiment du combat imminent, l'énergie qui l'avait abandonnée, commanda :

— En tirailleurs! Feu à volonté!...

Les détonations crépitèrent; mais il était trop tard; les uhlans étaient sur eux...

Après une courte lutte, quatre des Français roulèrent sur le sol, inanimés, cependant que les quatre autres étaient faits prisonniers.

Pauvres bougres, gémit Chamuzeau. Pourquoi ne nous ont-ils pas suivis?...

Cependant, les cavaliers ennemis ayant emmené leurs captifs, Ferrant et ses trois amis, lorsqu'ils eurent la certitude de n'être point vus de l'autre rive, repartirent vers le sud, le long de la voie étroite du chemin de fer, par Marats, Condé, dans la direction de Bar-le-Duc, en utilisant le plus possible les sous-bois. De loin en loin, ils rencontraient des fermes cossues, entourées de jardins, de blés et de prairies. Aucune de ces fermes n'était habitée. Tous les paysans s'étaient enfuis, en emmenant leurs bêtes.

Au moindre bruit suspect, les quatre soldats se jetaient dans un fossé ou dans un taillis, redoutant le sort de Labri et de ses compagnons. Parfois, c'était une fausse alerte, et ils en étaient quittes pour un battement de cœur et quelques minutes d'anxiété. Mais parfois aussi, ils entendaient nettement le bruit cadencé des chevaux des patrouilles de cavalerie ennemie, leur démontrant que quelques éléments allemands avaient déjà passé l'Aire.

Par endroits, ils se heurtaient à des cadavres. Au loin, le canon grondait. Malgré le hasard qui les avait jusqu'alors favorisés et malgré leur certitude d'être sur la bonne route, grâce à la carte de Ferrant, ils devenaient de plus en plus mornes.

La faim les tenaillait. Foucher, lui-même, le loustic impénitent, n'émettait plus que de timides plaisanteries, qui restaient sans écho.

— Eh! le boulanger! dit-il tout à coup à Chamuzeau, fiche-nous donc un pain de quatre livres.

Chamuzeau sourit faiblement, et Boudou gronda :

— Quelle gourde j'étais quand j'ai jeté mes biscuits et mon « singe »...

— Bah! le consola Ferrant; il y a longtemps que tu les aurais consommés.

Ferrant, au surplus, sans être plus gai que ses camarades, conservait toute sa lucidité; de sa volonté tendue, il galvanisait la petite troupe dont il s'était institué le chef; grâce à lui, elle allait toujours, malgré la fatigue et malgré la faim.

Après quatre heures de pénible marche, comme le soir tombait, ils arrivèrent à proximité d'un gros village.

— D'après ma carte et si nous ne nous sommes pas écartés du bon chemin, déclare Ferrant, ce patelin est Vavincourt, à sept kilomètres au nord de Bar-le-Duc. J'imagine que les Français ne doivent plus être très loin.

— Qui sait? grogna Boudou. La retraite continue sans doute...

— Vingt-deux! interrompit Foucher... V'là les flics!

Un bruit de pas, accompagné d'un léger cliquetis d'armes, résonnait, en effet, à petite distance.

Une fois de plus, les quatre égarés se jetèrent dans un fossé, où ils se blottirent, haletants d'angoisse.

Trop tard! ils avaient été vus.

Ils entendirent, en effet, le son bien connu des fusils qu'on arme, tandis que les pas s'arrêtaient brusquement.

Mais une joie indicible emplit leurs âmes, quand une voix cria, en français :

— Qui vive?

— Soldats du 94ᵉ! s'empressa de répondre Ferrant en surgissant du fossé.

II

ON CESSE DE RECULER

La patrouille française qui recueillit si opportunément les quatre traînards désarmés appartenait à la même brigade que le 94ᵉ d'infanterie, lequel bivouaquait précisément à Vavincourt, protégé par les avant-postes.

Ferrant et ses trois camarades n'eurent point de peine à trouver leur compagnie, qui était, en grand'garde, dans un des vergers opulents qui bordent le village, et qui avait pour mission de surveiller un large secteur où elle avait établi le système habituel de petits-postes et de patrouilles.

Lorsque les quatre égarés eurent rallié leur unité, ils éprouvèrent une impression de joie et de sécurité singulière. Il leur semblait qu'ils revenaient d'exil et qu'ils retrouvaient la patrie.

Mais ce qui les frappa et les vexa un peu, ce fut l'indifférence apparente avec laquelle on les accueillit.

Le lieutenant qui commandait la compagnie, le capitaine

ayant été tué les jours précédents, étudiait le plan de son secteur, lorsqu'un sergent lui annonça :

— Quatre traînards qui rejoignent...

— Bien!... leurs noms?

— Ferrand, Foucher, Chamuzeau, Boudou.

— Ont-ils leurs armes?

— Non, mon lieutenant.

— Faites-les équiper et qu'ils rejoignent leur section.

Ce fut tout.

Dans la section, où les revenants escomptaient une réception enthousiaste, on les considéra du même regard tranquille que s'ils n'avaient jamais été manquants.

Ils racontèrent la fin tragique de Labri et de son groupe; mais il y avait déjà tant de vides dans le régiment que ce récit ne sembla éveiller qu'une émotion restreinte.

Ferrant attribua tout d'abord cette apathie au fait que des quantités de traînards rejoignaient à chaque instant le régiment, ce qui rendait leur propre odyssée assez commune.

Déboutonne ta veste... défais tes bretelles... (p. 12)

Mais il ne tarda pas à s'apercevoir qu'une préoccupation puissante pesait sur tous les esprits, excluant les autres causes d'émoi.

Quand il eut pris, en effet, sa large part de la soupe qui fumait dans la marmite de l'escouade, et que, s'étant réconforté physiquement, il eût recouvré toutes ses facultés d'observation, Pierre Ferrant remarqua que ses camarades du 94ᵉ n'avaient plus cette expression hagarde et inquiète de fuyards harassés, qui les animait, durant la longue et douloureuse retraite.

Sans doute, ils étaient encore las, maigres, hirsutes et farouches; mais l'éclair qui brillait dans les yeux, la résolution froide qui plissait les fronts, ne ressemblaient en rien à l'angoisse des jours précédents.

— Y a-t-il du nouveau, mon adjudant? demanda-t-il à son chef de section.

— Oui, répondit l'adjudant d'une voix vibrante; il y a du nouveau : la retraite est terminée, et l'on cesse de reculer!

L'ordre de faire face, de tenir sur les positions actuelles et de reprendre l'offensive venait, en effet, de parvenir aux soldats de l'armée Sarrail en même temps qu'à ceux de tout le front. Sarrail, dès qu'il avait reçu l'ordre du jour du général Joffre, l'avait communiqué à ses troupes, dans cette soirée du 5 septembre.

Ainsi, les hommes du 94e, lorsque les quatre traînards les rejoignirent, étaient encore sous l'impression magique des phrases de cet ordre du jour fameux : « Avancer coûte que coûte, s'accrocher au terrain conquis, se faire tuer sur place plutôt que de reculer... »

La section de Ferrant et de ses trois compagnons d'aventure se trouvait en petit poste, à quelques centaines de mètres en avant du gros de la compagnie. Réduite à une trentaine d'hommes, embusqués dans un petit bosquet à proximité d'une route, elle détacha deux groupes de sentinelles doubles; l'un de ces groupes avait pour mission de surveiller la route elle-même et les deux hommes qui le constituaient se tapirent dans les broussailles, d'où ils pouvaient voir sans être vu.

Ferrant et Foucher furent désignés les deux premiers pour prendre la faction en cet endroit.

Ils tombaient de fatigues, à la suite de leur randonnée de l'après-midi; mais ils savaient que les camarades étaient fatigués aussi, et que, d'ailleurs, la première faction, qui ne coupe pas la nuit en deux, est la moins pénible.

Le chef de section leur donna toutes les consignes habituelles : direction de l'ennemi; délimitation du secteur à surveiller; mot de ralliement; signaux; emplacement des sentinelles voisines; chemin à prendre en cas d'attaque de l'ennemi, pour se replier sur le petit poste sans gêner son tir; heures de sortie et de rentrée des patrouilles, etc.

Quand les deux amis se trouvèrent seuls, dans la nuit qui allait s'épaississant, l'œil et l'oreille au guet, la main crispée sur le fusil au bout duquel ils avaient mis la baïonnette, ils conçurent ce sentiment d'anxiété qui trouble les sentinelles avancées, leur fait prendre un tronc d'arbre pour un homme ou le cri d'un oiseau de nuit pour une parole humaine et les incite à faire feu sans raison, au risque de déceler leur présence à l'ennemi.

Néanmoins, la sensation d'être deux leur donnait du sang-froid et les empêchait de se laisser aller aux halluciantions nocturnes.

Parfois, ils échangeaient, à voix basse, quelques phrases rapides, chacun d'eux tenant à bien convaincre qu'il n'était pas seul...

D'ailleurs, un calme impressionnant régnait sur tout le vaste champ de bataille. On eût dit que chacune des deux armées adverses se recueillait à la veille d'un plus gigantesque effort. C'était à peine si le canon tonnait, par intermittences, dans le lointain.

III

UNE CAPTURE FACILE

Au bout d'une heure, un camarade s'en vint relever Foucher, car on ne relève jamais en même temps les deux hommes de la sentinelle double, afin qu'il y en ait toujours un qui connaisse bien le secteur à surveiller.

La seconde heure de faction de Ferrant s'écoulait lentement, aussi morne et aussi paisible que la première, lorsque, au moment où il allait être relevé à son tour par un autre soldat, qui venait de rejoindre ses camarades et à qui ceux-ci transmettaient, dans un murmure, toutes les consignes, un bruit suspect se fit entendre.

Instantanément, les trois hommes se turent, écoutant de

toute leur attention, regardant de toute l'intensité de leur vue accoutumée à la demi obscurité.

Une forme sombre rampait vers eux, sur le talus qui bordait la route.

Était-ce un ami ou un ennemi?...

Ferrant fit le signal convenu, qui consistait à frapper doucement trois coups sur la baïonnette.

Il n'y eut pas de réponse et l'être qui rampait continua d'approcher.

Aussitôt, les trois Français armèrent leurs fusils, d'un même geste, et Ferrant ordonna, d'une voix brève et contenue :

— Halte-là!...

L'être s'arrêta.

— Qui vive? reprit Ferrant, sur le même ton.

Une voix répondit, en français :

— Déserteur alsacien...

Puis, la forme se dressa, un homme, coiffé de la petite casquette sans visière des soldats allemands, apparut sous la clarté confuse des étoiles; il levait les bras, pour montrer qu'il était bien sans armes.

Ferrant, se soulevant un peu, lui dit, sans cesser de le coucher en joue :

— Déboutonne ta veste... Bien!... Défais tes bretelles... Parfait!

Cette opération, que l'on pourrait estimer puérile, constitue une excellente précaution à l'égard d'hommes dont on se méfie et qui pourraient jouer des jambes dès qu'ils auraient observé l'emplacement de nos sentinelles.

— Maintenant, dit Ferrand, viens avec moi; tu es mon prisonnier.

Et il ramena vers le petit poste le captif volontaire, qu'il continuait à tenir en respect sous le canon de son fusil, dans le fossé, par lequel tous deux s'en revenaient.

Le chef de section, qui ne dormait pas, car, au petit poste, tout le monde veille, accueillit fraîchement Ferrant et sa capture.

— Qu'est-ce que c'est que ce client-là et que voulez-vous que j'en fasse? bougonna-t-il.

— Je suis Alsacien, répéta l'homme en excellent français; je m'appelle Jean Boricth et je veux combattre avec vous. Menez-moi à votre général, à qui je fournirai des renseignements importants et à qui je demanderai de m'incorporer dans votre régiment...

L'adjudant, perplexe, se gratta la tête.

Puis, après une courte réflexion, il déclara :

— Pour ce qui est de vous incorporer chez nous, je crois que c'est impossible; mais pour ce qui est de vous mener au général, c'est plus facile, surtout si vous avez vraiment des renseignements intéressants... Ferrant, puisque c'est vous qui avez pris cet homme-là, conduisez-le toujours au lieutenant qui commande la compagnie; il verra ce qu'il a à en faire.

Un quart d'heure plus tard, l'Alsacien — ou le soi-disant tel — était devant le lieutenant, que Ferrant avait trouvé endormi, couché sur le sol même, dans le verger où se tenait la grand'garde.

L'officier, éveillé en sursaut, ne comprit pas immédiatement ce dont il s'agissait. C'était un tout jeune homme, qui souriait tout à l'heure en dormant. Sans doute rêvait-il à quelques beaux jours du passé ou à un avenir radieux.

— Qu'est-ce qu'il y a? maugréa-t-il... Un prisonnier? Qu'on le garde étroitement. Demain, il fera jour.

— Il dit qu'il est Alsacien et qu'il a des révélations à faire au général, insista doucement Ferrant.

Le lieutenant, recouvrant alors toute sa lucidité, répondit :

— C'est bien! Je m'en vais lui faire subir un premier et sommaire interrogatoire et nous verrons.

Puis s'adressant au déserteur :

— Votre nom? demanda-t-il.

— Boricth, Jean, trente-cinq ans, fantassin.

— Vous vous battez depuis le premier jour?

— Oui, dans l'armée du kronprinz.

— Où est-il, le kronprinz?

— Actuellement, dans le château de Chaumont-sur-Aire, mais ce n'est qu'une installation occasionnelle. La véritable se trouve au château de Sailly, sur la lisière de la forêt, où passe la petite rivière de Cousences, à 5 kilomètres à l'arrière des lignes allemandes.

L'interrogatoire continua, l'Alsacien racontant que le prince héritier d'Allemagne dirigeait la bataille, sous l'inspiration

du général von Eichborn, l'un des meilleurs stratèges allemands; mais qu'il se tenait généralement à l'abri dans un
château, où il se divertissait, en brute barbare qu'il était, à
déchirer les tapisseries, à rompre les glaces, tandis que deux
chevaux sellés étaient constamment à sa disposition, tout prêts
à partir en cas d'alerte et que toute une meute de chiens s'ébat-
taient familièrement autour de lui, souillant, pour son plus
grand amusement, les tapis et les tentures...

Ces détails répugnants n'étaient des secrets pour personne,
dans l'armée du kronprinz; mais la plupart des reîtres qui la
composaient s'en gaudissaient lourdement et s'extasiaient sur
l'esprit joyeux de leur sinistre chef.

Au point de vue purement militaire, l'Alsacien Jean Boricth
donna également des précisions, d'ordre moins pittoresque mais
d'une utilité plus immédiate, et qui décidèrent le lieutenant à le
faire diriger, sans retard, suivant son désir, vers le quartier
général.

Le kronprinz et son chef d'état-major, von Eichborn, com-
mandaient, dit-il, des troupes nombreuses, choisies parmi les
meilleures, le kaiser Guillaume II ayant tenu à ménager un
succès, qu'il croyait certain, à l'héritier de sa couronne.

On sut plus tard, en effet, que celui-ci avait sous ses ordres
le 1er et 3e corps bavarois, le 16e corps, six divisions de réserve,
sans compter la cavalerie.

Le soir du 5 septembre, le 3e corps était massé dans la forêt
de l'Argonne, d'où il s'apprêtait à déboucher en masse, cependant
que le 1er bavarois marchait, par la rive gauche de la Meuse,
vers Troyon et Saint-Mihiel, et que les divisions de réserve
gagnaient Saint-Mihiel par la rive droite...

Bien entendu, les renseignements qu'apportait Boricth, simple
soldat, étaient loin d'être aussi complets et aussi précis que cette
énumération. Mais, s'ajoutant à ce que le général Sarrail savait
déjà par son service d'aviation ou par les quelques prisonniers
faits au cours de combats de détails, il apportait une contribu-
tion précieuse à l'œuvre guerrière que préparait le chef français.

Aussi le lieutenant, ayant donné l'ordre de diriger Boricth
vers l'arrière, félicita-t-il Ferrant de sa capture, et celui-ci eût
toutes les peines du monde à le convaincre que le hasard seul
et la volonté de l'Alsacien y étaient pour quelque chose.

C'est pourquoi, le soldat, lorsqu'il eut regagné sa section, déclara plaisamment à Foucher :

— On me reçoit comme un chien dans un jeu de quilles quand je ramène au régiment, à travers mille périls, des camarades égarés, et on me couvre de fleurs parce qu'un Alsacien abandonne l'armée allemande et vient, par hasard, se flanquer dans mes pattes !

— Faut pas chercher à comprendre, vieux ! répondit Foucher, avec l'insouciance philosophique qui caractérise le troupier français.

IV

LES PRÉLIMINAIRES DE LA VICTOIRE

CEPENDANT, conformément aux ordres de Joffre, Sarrail disposait toutes ses troupes en vue de l'attaque imminente qu'il préparait.

Toute la nuit, à l'abri des avant-postes, il se fit un grand remue-ménage, de canons, de convois de munitions, de trains de ravitaillement et de corps d'infanterie se rendant sur les positions désignées par le général.

Le 94ᵉ, qui venait de fournir un rude travail, ayant assuré la sûreté aux avant-postes après avoir été arrière-garde dans la retraite, fut rejoint et remplacé par des troupes plus fraîches et devint partie de la réserve de l'armée Sarrail.

Et le 6 septembre au matin, cette armée, ainsi que toutes les autres troupes françaises, fit face à l'ennemi et attaqua.

A l'aube, Ferrant et ses camarades de section, qui venaient d'être relevés, ainsi que tout le reste du régiment, attendaient, à l'arrière, en position de cantonnement d'alerte, que des ordres vinssent faire appel aux réserves.

Là-bas, à l'avant, le canon grondait. Une rumeur de combat se préparait. Des caissons de munitions traversaient les chemins à toute allure. Les fantassins, derrière les faisceaux formés, échangeaient leurs impressions, cependant que les chefs marchaient sur la route, graves et silencieux.

Soudain, une vision apparut, dans le soleil levant, sur cette route de Verdun, le long de l'Ezrule.

Sarrail, le chef de la 3ᵉ armée, passait à cheval, suivi seulement de deux officiers d'ordonnance. De haute taille, souple et robuste, il gardait, à cinquante-huit ans, l'élan et l'énergie de la jeunesse. Son visage pensif, haut en couleurs, alors encadré d'une barbe blanche à la Henri IV, se contractait parfois d'une colère impatiente, quand son ordre n'était pas compris ou imparfaitement exécuté, et sa parole s'échauffait librement de mots crus, d'expressions gauloises. Mais, lorsqu'après une prouesse de ses troupes il apparaissait au milieu d'elles, droit et fier sur son cheval, ses soldats surprenaient en ses yeux bleus un éclair de joie et d'orgueil.

Dans le moment, il semblait soucieux. Sans doute attendait-il des nouvelles des troupes qu'il avait lancées à l'assaut et hésitait-il à engager ses réserves.

En campagne, suivant le règlement militaire, on ne rend pas d'honneurs et le généralissime lui-même pourrait passer auprès d'un simple soldat sans que celui-ci soit tenu de lui présenter les armes.

Or, lorsque Sarrail passa devant le 94ᵉ au repos, tous les hommes, spontanément, se rangèrent derrière les faisceaux, les rompirent; puis, sans qu'aucun ordre fût intervenu, prirent leurs fusils et d'eux-mêmes, exécutèrent, comme à l'exercice, le mouvement de « présentez armes »!

Cet hommage des plus humbles de ses subordonnés parut toucher profondément le général. Gravement, il salua; un sourire apparut sur sa bouche sérieuse; puis, rendant la bride à sa monture, il s'éloigna, au trot, vers la ligne de feu...

Quand il eut disparu à l'horizon, les hommes, ayant reformé les faisceaux, s'assirent sur les talus.

— Le soldat Ferrant, au colonel! ordonna tout à coup le commandant de la compagnie de Pierre Ferrant.

En se demandant, avec quelque émoi, ce qui lui valait l'honneur d'être appelé auprès du grand chef du régiment, Ferrant s'empressa d'obéir.

Le colonel l'attendait; c'était un vieux « dur à cuire » qui passait pour être plus prodigue de réprimandes que de compliments. Pourtant, à cet instant, il souriait paternellement.

— C'est vous, dit-il, qui avez amené un déserteur alsacien du nom de Borieth?

— Oui, mon colonel.

— Eh bien, je vous transmets les félicitations du général; il paraît que ce particulier lui a apporté des renseignements fort intéressants. On doit manquer de gradés dans votre compagnie, comme partout, hélas!... Que faisiez-vous dans le civil?

— J'étais étudiant en droit, mon colonel... Mais j'ai oublié le civil; à présent, je suis uniquement soldat.

Cette réponse plut au colonel, dont le sourire s'accentua.

— Eh bien, conclut-il, au rapport de demain vous serez nommé caporal. Et maintenant, rompez!

Tout abasourdi par cette promotion imprévue, Pierre Ferrant salua, « rompit », et s'en fut retrouver ses camarades.

Gravement il salua (p. 16)

— Voilà que je passe « cabot », dit-il; parce qu'un Alsacien a eu la bonne idée de venir me trouver!

A quoi Foucher, qui avait le sens de l'opportunité, répondit simplement :

— Alors, tu n'as plus qu'à arroser tes galons! Seulement cela manque un peu de « bistrots » dans ce patelin!

Cette boutade fit rire l'auditoire, mais Boudou, lui, prononça sérieusement :

— Sans compter que tu feras un cabot épatant. Tu nous l'as bien montré, hier.

Et Chamuzot ajouta :

— Sans toi, nous serions tués ou prisonniers...

Cependant, l'heure s'avançait, et, là-bas, la canonnade redoublait d'intensité. Une bataille furieuse était engagée. Sarrail avait pris l'offensive à la fois sur les sources de l'Aisne, sur l'Oise et sur la Meuse.

Les troupes en réserve attendaient anxieusement l'ordre d'avancer ou de reculer. Si l'on avançait, c'était que la partie allait être gagnée; si l'on reculait, c'était la défaite...

Vers le milieu de la journée, le bruit se répandit que la bataille ne tournait pas à notre avantage.

L'armée du kronprinz, en effet, disposant de forces numériquement trois fois supérieures aux nôtres, avait pu résister, sur tout le front d'attaque, à l'assaut de l'armée Sarrail, depuis Revigny jusqu'à Troyon.

L'ennemi avait même réussi à refouler légèrement les nôtres vers Bar-le-Duc et, maintenant, le grand souci du général français était de contenir, vers l'est, des bataillons ennemis qui menaçaient de franchir la Meuse vers Saint-Mihiel.

Néanmoins, le recul momentané de nos troupes était très léger, et Sarrail pouvait, grâce à la valeur de ses hommes et à sa propre énergie, maintenir, dans l'ensemble, ses positions importantes.

Conservant intactes nos réserves pour l'imprévu, il manœuvra si habilement ses régiments de première ligne, au cours de cette journée, que les Boches ne purent poursuivre leur avantage et que le résultat resta indécis.

Sur la route passaient, à présent, des voitures d'ambulance et des soldats blessés légèrement, pouvant se rendre à pied vers les formations sanitaires.

Ferrant et ses compagnons interrogeaient avidement ces derniers.

— Que se passe-t-il, là-haut?

— C'est dur, répondaient les blessés. Ils sont trop nombreux et ils se battent bien, les salauds!...

Lorsque le soir tomba, les réserves n'avaient pas encore donné et aucun ordre n'était parvenu d'avancer ou de reculer...

Durant la nuit, une sorte de trêve intervint, au moins en ce qui concernait les engagements d'infanterie. Seule, l'artillerie continuait de hurler.

Des lueurs rouges embrasaient l'horizon. Les hommes du 94ᵉ, bivouaquant sous la protection des sentinelles, ne dormaient guère. Tous frémissaient de l'impatience et de l'angoisse du lendemain.

D'ailleurs, au cours de cette nuit-là, comme pendant la nuit précédente, d'innombrables convois de munitions passèrent, mêlant le tintamarre des roues grinçantes au vacarme du canon.

Au petit jour, le combat recommença; cette fois, c'était le kronprinz qui attaquait. Mais, au cours de cette journée du 7 septembre, les hommes de la 3ᵉ armée exécutèrent à la lettre la prescription du généralissime : « Se faire tuer sur place plutôt que de reculer », et les Allemands, en dépit d'offensives furieuses, ne gagnèrent pas un pouce de terrain.

Leur objectif était d'atteindre Bar-le-Duc, qui commandait la route de Paris, et ils négligeaient, pour l'instant, la place de Verdun, que défendait le général Coutanceau.

Ils en furent pour leur peine et pour les pertes sanglantes qu'ils éprouvèrent.

Même, le soir, nos réserves furent légèrement avancées, ce qui semblait indiquer que nous avions progressé.

A ce moment, lorsque l'ordre passait de rompre les faisceaux et de former la colonne de route, Chamuzeau, fort impressionnable, murmura à l'oreille de Ferrant, qui était, depuis le matin, son caporal :

— Ça y est; c'est la retraite qui recommence.

Mais quand il sut qu'au contraire, on allait de l'avant, il exulta, et, avec cette promptitude à passer du désespoir à l'utopie, qui caractérisait sa nature, il s'écria :

— C'est la victoire!

Ce n'était pas encore la victoire, mais c'en était le préliminaire. Le fait d'avoir tenu, dans cette journée, contre un ennemi si supérieur en nombre, équivalait à un succès. Ferrant, avec son intelligence lucide, le comprit et l'expliqua à ses hommes.

Le 8 septembre fut, pour le 94ᵉ, une journée de marches et de contre-marches parallèles au front de combat. Sarrail, en effet, groupait toutes ses forces pour le choc suprême. Il avait reçu, des autres points de la ligne de feu, des nouvelles qui permettaient toutes les espérances et toutes les hardiesses, et il se proposait d'attaquer l'ennemi avec son effectif complet, jouant le tout pour le tout et opérant surtout avec son centre, dans le dessein de forcer le centre du kronprinz, et d'obliger ainsi les deux ailes à se replier, sous peine d'être tournées.

Après Revigny jusqu'au fort de Paroches, il massait tout ce qu'il avait de troupes, pour cet assaut décisif.

Pendant la nuit du 8 au 9, le 94°, dans le plus grand silence, gagnait définitivement ses positions de combat.

Un peu avant le lever du soleil, sur la route de Bar-le-Duc à Verdun, dans la direction de Beauzie, il était engagé, par colonnes de bataillon, à travers champs, Sarrail ayant donné l'ordre d'aller vite, sans arrêt.

Nos batteries légères suivaient l'infanterie.

L'ennemi n'avait pas pu amener encore ses canons lourds, ce qui était un atout dans notre jeu.

Sarrail, sachant, par son service de renseignements, que le kronprinz disposait, dans la forêt d'Argonne, ses troupes en masses profondes, dans le dessein d'attaquer de nouveau lui-même, voulait le surprendre au milieu de ses préparatifs en prenant l'offensive le premier.

Il n'ignorait pas que la bataille engagé sur tout le front français était décisive, que c'était, pour la France, une question de vie ou de mort, et que, pour gagner la partie, il fallait vaincre partout à la fois; que l'on flanchât sur un seul point, et c'était le désastre.

Les simples soldats, s'ils n'avaient pas une vision aussi nette de l'ensemble de la situation, s'ils ne voyaient même, de toute la bataille, que l'étroit secteur où ils opéraient, sentaient cependant confusément que leur action était intimement liée à la vaste tragédie qui se déroulait et que chacun d'eux, pour son humble part, contribuait aujourd'hui au salut de la patrie.

Aussi, les soldats du 94° marchaient-ils silencieusement, avec une froide énergie, vers la mort et vers la gloire.

V

LE GRAND CHOC

L E jour se levait splendide, vêtu d'or et d'azur, lorsque nos soldats aperçurent l'ennemi, dont les masses commençaient à déboucher de la forêt d'Argonne, en dépit du tir incessant de nos 75, qui faisaient des ravages dans leurs rangs serrés.

Déjà, cependant, l'action de nos canons produisait un flottement chez l'ennemi, déconcerté de nous voir, non seulement prêts à la riposte, mais prêts à le harceler de pointes foudroyantes ne lui laissant aucun répit.

Le kronprinz croyait trouver en face de lui une armée déprimée par la retraite et usée par les combats inégaux des jours précédents, et voici qu'il se heurtait à des troupes d'assaut, animées d'un moral magnifique et disposées le plus habilement du monde.

Le 94ᵉ de ligne, pour sa part, se trouvait au débouché de la forêt d'Erize-la-Grande, face à ce village, que tenait le 53ᵉ bavarois. Nos hommes, placés entre deux coteaux, d'où notre artillerie légère tirait sans relâche, avaient devant eux une vallée ouverte, où le colonel déploya immédiatement en tirailleurs deux bataillons, tandis que le troisième se groupait en réserve dans les boqueteaux.

Les 77 allemands ripostaient de leur mieux au feu foudroyant de nos 75; mais ceux-ci affirmaient nettement leur supériorité. Par contre, les mitrailleurs ennemis, quatre fois plus nombreux que les nôtres, car, à cette époque, notre infanterie ne possédait que deux pièces par bataillon, alors que l'adversaire en avait huit, nous causaient des pertes sensibles.

— Saleté de mitrailleuses! grognait Foucher qu'alarmait le gazouillis des balles, sifflant à ses oreilles. Je n'aime pas ces instruments-là!

Cependant, notre ligne de tirailleurs progressait par bonds, ainsi qu'au terrain de manœuvre. On parcourait vingt mètres au pas de course, puis l'on se couchait à plat ventre, pour reprendre haleine avant de repartir.

Les officiers allaient en tête de leurs unités, brandissant leurs sabres et multipliaient les gestes de commandement, ce qui les désignait trop clairement aux tireurs d'élite des Bavarois et causait parmi eux des vides irréparables.

Nos batteries légères suivaient l'infanterie (p. 20)

D'autre part, l'uniforme bleu et rouge de nos fantassins offrait à l'ennemi une cible facile. Tandis que la visibilité des Bavarois, vêtus de gris verdâtre (*feldgraü*) était presque nulle, les silhouettes de nos tirailleurs se distinguaient nettement sous le soleil levant, et l'ennemi avait beau jeu pour les abattre.

Néanmoins, malgré toutes les circonstances défavorables, les Français avançaient. Une sainte colère les animait contre l'envahisseur et tous souhaitaient ardemment cet assaut final, où l'on serait enfin en contact étroit avec l'ennemi et où la baïonnette française jouerait son rôle.

Ferrant, son sergent étant tombé, se trouvait chef de demi-section. La section elle-même était sous les ordres d'un sergent, l'adjudant ayant été tué dès le début de notre progression.

Le jeune caporal se sentait gagné par l'ivresse du combat.

— Préparez-vous à faire un bond... en avant! commandait-il.

Et il partait le premier, pour aller s'aplatir sur le sol une vingtaine de mètres plus loin, suivi par ses hommes, qui répétaient tous ses mouvements.

Comme il arrivait à l'extrémité d'un champ de houblons, et qu'il se trouvait couché dans un sillon profond, ainsi que ses camarades de combat, il profita de l'abri relatif qu'offrait ce creux de terrain pour laisser souffler un peu plus longtemps ses soldats et pour les compter.

Que de manquants déjà, dans cette demi-section, presque réduite à l'effectif d'une escouade.

L'impressionnable et doux Chamuzeau n'était plus là; tué ou blessé? Nul ne le savait, car on ne tournait même plus la tête pour voir ce que devenaient ceux qui étaient touchés.

Le calme et sentencieux Boudou avait également disparu.

Des quatre compagnons qui, le 5 septembre, avaient échappé si péniblement aux patrouilles des uhlans, ils ne restaient plus que deux : Ferrant lui-même et Foucher.

Une amitié plus profonde attira le caporal vers ce survivant de leur odyssée, et il lui dit, d'une voix affectueuse :

— Ça va, Foucher? Rien de cassé?

— Ça va, répondit l'autre. Mais ce sont ces saletés de mitrailleuses qui me dégoûtent!... leurs canons, je m'en f...

A ce moment précis, les canons tonnèrent avec une intensité renouvelée, et, sur le champ de bataille que venait de franchir la demi-section de Ferrant, une dizaine d'obus explosaient, dont les éclats bourdonnaient sinistrement au-dessus des têtes des fantassins couchés dans le sillon. Aucun des hommes de Ferrant ne fut atteint cette fois; mais le caporal estima que la position devenait mauvaise et se prépara à reprendre la marche en avant...

Soudain, à l'arrière, on entendit trembler la terre, dans un fracas prolongé de trombe pesante. Dans le lointain, une colonne énorme de cavalerie, dragons, hussards, chasseurs et cuirassiers, se déplaçait, à toute allure, parallèlement au front de combat, se dirigeant vers l'est, en dépit de la canonnade.

Les fantassins ne comprirent guère ce que signifiait ce déplacement insolite de toute la cavalerie de la 3ᵉ armée. Mais ils avaient une confiance illimitée dans l'habileté de leur général en chef, et ils saluèrent, dans cette manœuvre, un tour que Sarrail jouait à l'ennemi.

En effet, le général français, complétant son plan audacieux de l'enfoncement du centre allemand, par une manœuvre plus hardie encore, transférait de sa gauche à sa droite, toute sa cavalerie, l'envoyant depuis Revigny, Limont, Neuville, Verney, dans la direction de Saint-Mihiel, en lui donnant pour mission d'arrêter les progrès des troupes adverses, qui, ayant déjà réussi à franchir la Meuse près de Saint-Mihiel, menaçaient notre aile droite d'encerclement.

Cette manœuvre imprévue et foudroyante, d'une hardiesse qui touchait à la témérité, devait nous assurer le succès. Car, notre aile droite se trouvant protégée, notre centre put continuer sans danger sa pression contre un ennemi qui, déjà commençait à se replier...

VI

TRAITRISE

CEPENDANT, Ferrant avait abandonné la zone dangereuse où tombaient les obus, et ses hommes, ainsi d'ailleurs que tout le régiment, continuaient à aller de l'avant.

Les 77 raccourcissaient bien leur tir; mais nos 75 peu à peu leur imposaient silence. Le 94ᵉ se rapprochait d'Erize-la-Grande, qui se trouve sur le ruisseau d'Erzule, non loin de l'Aire et des sources de l'Aisne, où commence le pays d'Argonne aux sombres forêts.

Nos batteries, du sommet des collines, dominaient cette partie du champ de bataille et nos obus ouvraient de larges brèches dans les rangs de l'ennemi, qui recevait sans cesse des renforts et qui ne cédait le terrain que lentement. Les Bavarois tenaient toujours Erize-la-Grande, n'ayant replié que leurs postes avancés, et nous bombardions violemment le village, tandis que l'infanterie se préparait à l'assaut. Un coteau restait contesté, celui où se croisent les chemins de Sommaines et de Chaumont. Un bataillon du 53ᵉ bavarois en occupait le sommet, tandis que les tirailleurs du 94ᵉ l'escaladaient au prix de pertes sérieuses.

Enfin, les Français prennent pied sur la crête. Une terrible fusillade crépite. Ferrant, le premier, s'élance, la baïonnette haute, vers l'ennemi. Sa demi-section l'accompagne. Autour d'eux, toute la compagnie, puis tout le bataillon, se ruent au corps à corps...

Tout à coup, les premiers rangs des Bavarois se détachent du gros de la masse ennemie. Les sous-officiers et les soldats jettent leurs armes, lèvent les bras en l'air et clament :

— Kamerad! Kamerad!

Etonnés et joyeux de vaincre sans combat, nos soldats, dans leurs loyauté naïve, abaissent leurs armes. Mais, tandis qu'ils s'avancent pour capturer l'ennemi qui se rend, celui-ci, perfide, se brise en deux flots, et, courant sur la droite et sur la gauche, démasque toute une rangée de mitrailleuses, qui crachent la mort à bout portant.

Le désarroi se produit dans nos rangs, décimés par un vrai carnage. Une panique s'empare de ces vaillants, victimes de l'astuce d'un ennemi sans honneur. On dégringole en désordre la côte que l'on avait eu tant de peine à gravir.

Ferrant, qui n'est pas atteint, recule, tout frémissant de honte et de douleur, car Foucher, le dernier de ses amis, vient de tomber à ses côtés, en exhalant encore, au moment suprême, l'imprécation qu'un obscur pressentiment lui dictait tout à l'heure :

— Saletés de mitrailleuses...

Mais le colonel a vu l'horrible scène. Lucide et prompt, il fait donner son bataillon de réserve, qu'il gardait sous sa main en prévision d'une surprise.

Les fuyards se heurtent à cette troupe, fraîche encore et animée d'une ardeur que redouble la colère inspirée par l'infâme trahison.

Au contact de de ce renfort, les rescapés se resaaississent.

Le colonel en personne, le sabre au clair et le revolver au poing, conduit l'attaque.

C'est au pas de course que l'on gravit la pente, sur laquelle roulent encore de trop nombreuses victimes des balles que les mitrailleuses continuent à vomir par torrents.

Ivre de fureur, presque inconsciemment, le caporal Ferrant entame la *Marseillaise;* tous les Français l'imitent et c'est au son de l'hymne endiablé et sacré, que les assaillants escaladent de nouveau la colline fatale.

Une flamme emporte ensemble les combattants dans un assaut intrépide, dont la houle, malgré la ténacité pesante des Bavarois, les oblige de reculer, dans le sang et la poussière.

Enfin le corps à corps s'engage, terrible et sans merci. Pas de quartier pour les traîtres et pour les assassins. On frappe à coups de crosse, on s'égorge, on s'étrangle, dans un tourbillon confus...

Puis, soudain, les Bavarois lâchent pied, poursuivis, la baïonnette aux reins; ils s'enfuirent éperdument, au delà d'Erize-la-Grande, que nous occupons sans coup férir, vers Chaumont...

Là, il leur faut franchir l'Aire, opération difficile, car nos 75 bombardent sans relâche cette rivière, ainsi que le ruisseau d'Erzul.

Un grand nombre d'entre eux périssent dans les flots; ceux qui parviennent à traverser le cours d'eau se trouvent soudain en face d'un autre régiment français, le 155e, qui, formant brigade avec le 94e, a progressé parallèlement à lui sur l'autre rive, et qui coupe la retraite aux Boches.

C'est la fin. La plupart des Bavarois se rendent; quelques-uns réussissent encore à s'enfuir vers le nord, par les chemins et les bois, où ils rencontrent d'autres tourbillons du désastre allemand, parmi des cris de rage et d'humiliation, on distingue l'ordre des officiers : « Sauve qui peut! »...

VII

LE TERRIER DU LIÈVRE IMPÉRIAL

CEPENDANT, le 94ᵉ s'était établi à Erize-la-Grande. Tout le monde était fourbu, y compris les chevaux. Le canon tonnait toujours. A droite et à gauche, on entendait encore, avec la voix stridente de nos batteries, des crépitements de fusillade.

D'autres régiments en effet, engagés moins à fond ou plus tard, continuaient à poursuivre l'ennemi, partout battu et partout en fuite. La manœuvre hardie de Sarrail, exécutée par des hommes d'une valeur inouïe, avait porté ses fruits : l'armée allemande avait reculé sa ligne de bataille depuis Revigny, où elle avait laissé les cadavres d'une division de son 3ᵉ corps, jusqu'à Triaucourt, à 15 kilomètres plus au nord. La nouvelle ligne s'étendait de Triaucourt à Troyon, en traversant l'Aisne et la Meuse. Dans les champs de Beauzée-sur-Aire, à l'entrée de l'Argonne, le 16ᵉ corps allemand avait, sous le feu de nos canons, perdu onze batteries.

Au cours de sa fuite, l'ennemi incendiait les moissons et les fermes, empoisonnait les puits refoulait le bétail.

Tout le terrain qu'il avait ainsi parcouru offrait un spectacle de désolation et de mort.

Erize-la-Grande était en ruines : l'incendie allumé par les fuyards avait achevé l'œuvre de destruction commencée par nos propres canons. Pas une maison qui ne fût éventrée, pas un toit qui ne fût défoncé; les soldats du 94ᵉ, campant dans leur conquête, durent se résigner à passer la nuit en plein air, sous la protection des gardes d'issues et des petits postes...

Ferrant, malgré la fatigue qui l'écrasait, ne pouvait pas dormir. Il songeait à ses trois amis, tombés glorieusement pour la France en cette terrible et grandiose mêlée. Et il songeait aussi au lendemain, qui serait peut-être, pour lui, à son tour, le dernier jour...

Un peu avant l'aube, l'alerte fut sonnée. Sarrail n'était pas homme à ne point exploiter un premier succès; il voulait poursuivre sa victoire avant que l'ennemi se fût reformé.

Or, chose extraordinaire, en cette cinquième journée de bataille, en trouva l'Allemand, non certes débandé, mais en train de se regrouper à la hâte et de commencer son repli vers la Lorraine.

Dans le lointain, une colonne énorme de cavaliers se déplaçait (p. 24)

C'est que le kronprinz venait de recevoir, comme plusieurs coups de massue sur la tête, les nouvelles inattendues de la déroute de von Hausen et de Würtemberg à la Fère-Champenoise et à Vitry-le-François, ainsi que de la complète retraite de von Klück et de von Bülow vers l'Aisne.

Le kronprinz entreprit, néanmoins, un coup de main contre le fort de Troyon, qui n'aurait pas résisté longtemps si Sarrail avait ralenti sa poursuite. Mais, on l'a vu, celui-ci n'avait garde de laisser le moindre répit à l'adversaire.

La journée fut, pour le 94e, fatigante mais relativement calme.

Au soir du 10 septembre, ce régiment, qui suivait la grand'route de Verdun, n'avait pas encore tiré un coup de fusil. Et l'on marchait à larges pas, en remontant la bretelle du fusil sur l'épaule, en assurant sur le dos, d'une secousse, le sac si lourd sous un soleil d'enfer. L'enfer, d'ailleurs, était partout sur la terre de France, dans le tonnerre des canons, le roulement continu des voitures, le gémissement des blessés, gisant çà et là, et la fumée des incendies. Mais Ferrant, ainsi que ses camarades, sentaient moins les souffrances de la guerre et celles de la fatigue, tant cette marche en avant, succédant aux affres de la retraite, leur donnait d'exaltation et d'enthousiasme.

En sortant de Heippes, au-dessous de Montrecourt, les soldats du 94ᵉ raflèrent des prisonniers bavarois et badois et relevèrent d'innombrables blessés allemands gisant dans les champs, au pied des haies, abandonnés sans secours, selon les ordres du kronprinz, par leurs brancardiers et leurs médecins, et qui râlaient depuis des heures, à la grosse chaleur du soleil.

Dans des maisons, dans des fermes, nos fantassins ramassèrent des bagages et des munitions, qu'ils évacuèrent à l'arrière, dans les mêmes wagons qui emportaient les blessés.

Le 94ᵉ, maintenant, se trouvait devant Souilly, ayant à gauche la voie ferrée, à droite la forêt profonde qui se développe vers Senoncourt, et jusque sur le côteau qui descend à la Meuse. Le château de Souilly était situé au delà du bourg, sur une éminence que la forêt entourait à demi de l'écharpe de ses buissons et de ses feuillages.

Ferrant frémit en songeant que, suivant les révélations de l'Alsacien Boricth, ce château était le gîte habituel du kronprinz. De son côté, le colonel du 94ᵉ venait d'apprendre d'un prisonnier que l'héritier d'Allemagne, la veille au soir encore, se trouvait à cet endroit.

Prenant la tête de la colonne, l'officier leva son sabre et commanda :

— Au château!

Nos soldats trouvèrent rapidement le bourg. Dès les premières maisons, l'ordre avait été donné d'observer le silence le plus complet. Au pas de charge, ils gravirent la pente qui dévale de la forêt, et, se séparant en plusieurs groupes, ils entourèrent le château.

Le colonel y pénétra d'un bond, suivi par Ferrant et sa demi-section.

La maison était vide, toutes les portes étaient ouvertes.

— Le brigand a filé, maugréa le colonel. Mais il a tout pillé!

En effet, il ne restait plus, dans ce château naguère confortable, le moindre objet de valeur. Le kronprinz avait précipitamment fait emballer les meubles, les tapis, les tableaux, l'argenterie. Et toutes ces richesses de France étaient maintenant en route pour l'Allemagne.

— Quel déménagement! grogna Ferrant... Et quel cultureI... Voyez ce qu'il nous a laissé, des ignominies de sa personne et de sa suite!...

Dans les chambres, dans les couloirs, dans les escaliers, s'étalaient des flaques d'immondices et des souillures innommables. Le château exhalait une odeur de purin.

— C'est bien la bauge d'un cochon! opina quelqu'un.

Tout le monde éclata de rire. Et le colonel ordonna :

— Allons faire la soupe, mes enfants, sous les beaux arbres de la forêt!...

VIII

LES ALLEMANDS SE TERRENT

VERS minuit, après avoir goûté quelques heures de repos, le 94ᵉ fut de nouveau mis sur pied et se rassembla dans la vaste cour du château. De son allure alerte, il repartit vers le nord, toujours par la grand'route de Verdun, que longeait, d'une façon presque continue le chemin de fer. Déjà, nos batteries de 75 s'avançaient pour aller prendre position sur le sommet des collines, à Vadelaincourt, à Souhesmes, hors de la forêt et sur la gauche, afin de battre, dès l'aube, les colonnes allemandes qui reculaient en masse.

Ces colonnes s'enfuyaient à la hâte, trop tard convaincues de leur défaite, n'ayant plus que le souci, non de se défendre, mais d'échapper à l'étreinte de nos soldats.

Hélas, ceux-ci, exténués, mal nourris pendant des jours trop nombreux, ne pouvaient plus fournir de longues étapes. Pour s'exciter à la marche, ils chantaient de bon cœur les vieilles chansons militaires que leurs ancêtres avaient chantées sous tous les cieux d'Europe, et qui, depuis la Révolution, se perpétuent dans les régiments de France.

On marcha pourtant, à une allure malheureusement trop lente, pendant trois jours, presque trois nuits. Les Allemands s'esquivaient. Le canon, partout, tonnait. De tous les points du front, arrivaient les nouvelles les plus encourageantes.

Le 13 septembre, au cours d'une halte, dans un bois, au milieu d'un silence impressionnant, le colonel lut, devant le régiment rassemblé, l'ordre du jour du général Joffre : « C'est la victoire! » Et chacun de ces modestes soldats frissonna d'orgueil...

Cependant l'ennemi, prudemment, obliquait à l'ouest, afin d'éviter les forts, qui, autour de Verdun, composaient à la fois une cuirasse de défense et des citadelles de bataille. Un corps prussien parvint, au sud-est, à s'emparer de Saint-Mihiel; mais, pendant ce temps, la 3ᵉ armée refoulait de 50 kilomètres, jusqu'au nord de Verdun, les troupes du kronprinz, par les vallées de l'Aire et de la Cousance à travers les forêts d'Argonne, ainsi que par les côteaux de la Meuse, rive droite, et les plaines de la Woëvre.

Le 94ᵉ, pour sa part, appuyant à gauche, remonta la vallée de la Cousance, puis de l'Aire, par Ippécourt, Jubécourt, Neuvilly.

Mais les Allemands, dans leur tête patiente, avaient prévu même une défaite et avaient envoyé, en avant de leur retraite, vers le nord, leurs troupes les moins fatiguées, pour exécuter, dans un terrain favorable, sur des hauteurs, des travaux de fortifications de campagne.

A l'aide de ces défenses, leurs armées, estimaient-ils, pourraient efficacement, comme derrière une longue muraille, attendre un assaut.

Et le 14 septembre, lorsque le 94ᵉ voulut reprendre la poursuite des jours précédents, il se heurta, comme tous les régiments français sur la ligne de combat, à une résistance formidable de mitrailleuses dissimulées, à des crépitements de fusillades sortant de dessous la terre, sur un sol perfide couvert de tout un réseau de fils de fer barbelés. En outre, l'artillerie lourde des Allemands était en action très loin, dans des abris que l'ennemi avait prévus et aménagés bien longtemps avant la guerre.

Après des tentatives meurtrières et infructueuses d'assaut, le 94ᵉ dut s'arrêter au delà de Neuvilly, à la lisière de la forêt de Hesse, non loin de Vauquois...

Pendant le repos, Ferrant arrosait enfin, avec quelques hommes, ses galons de caporal, grâce au vin que le ravitaillement venait d'apporter.

On pensait aux disparus, et l'on pensait à la grande victoire qui venait de sauver la France.

Cependant du pic et de la bêche, nos unités de tête travaillaient creusant, sous le feu de l'ennemi, des tranchées profondes.

Les soldats du 94ᵉ se disaient que ce serait, demain peut-être, leur tour, de s'en aller remuer la terre et occuper les tranchées.

— Ce n'est pas rigolo, dit un homme. Est-ce que nous allons nous résigner à nous enterrer ainsi?

— Quoique enterrés, nous serons vivants, répliqua Ferrant. L'ennemi l'apprendra à ses dépens. Et puis, ça ne durera pas longtemps, j'imagine.

— Combien!

— Peuh! quatre ou cinq jours peut-être...

. . . .

Hélas! dans la tranchée, les semaines, les mois et les années se succédèrent. Du moins, la 3ᵉ armée avait, comme les autres armées de France, accompli son glorieux devoir de sauver la patrie en arrêtant l'invasion et en infligeant à l'ennemi un commencement d'expiation...

FIN

Pour paraître vendredi prochain :
SOUVENIRS D'UN VAGUEMESTRE

LA COLLECTION "PATRIE"

20ᶜ· L'OUVRAGE COMPLET ILLUSTRÉ 20ᶜ·

LA COLLECTION "PATRIE" raconte chaque semaine un épisode de la Grande Guerre, émouvant, dramatique, vécu, puisé dans la glorieuse épopée.

LA COLLECTION "PATRIE" est la véritable publication destinée à perpétuer l'admiration pour les héros et l'exécration pour les barbares.

OUVRAGES PARUS :

20ᶜ· le récit complet illustré 20ᶜ·

Il paraît un nouvel ouvrage tous les Vendredis

En préparation : Souvenirs d'un vaguemestre. — Avec une batterie de 95. — L'Epopée de Moronvilliers.

F. ROUFF, *Éditeur, 48, rue de Vaugirard,* PARIS-15ᵉ

www.ingramcontent.com/pod-product-compliance
Lightning Source LLC
Chambersburg PA
CBHW072259210626
46818CB00017B/1857